J.-B. Fargier-La

Indiquer les principaux modes d'application de la physique à la médecine.

Qu'entend-on par membrane pupillaire? Quelles sont les diverses espèces d'exostoses? Le même traitement est-il applicable à toutes? Exposer les causes, décrire les symptômes et la marche de la rougeole. Thèse présentée et publiquement soutenue à la Faculté de Médecine de Montpellier, le 30 mars 1837, pour obtenir le grade de docteur en médecine.

J.-B. Fargier-Lagrange

Indiquer les principaux modes d'application de la physique à la médecine.

Qu'entend-on par membrane pupillaire? Quelles sont les diverses espèces d'exostoses? Le même traitement est-il applicable à toutes? Exposer les causes, décrire les symptômes et la marche de la rougeole. Thèse présentée et publiquement soutenue à la Faculté de Médecine de Montpellier, le 30 mars 1837, pour obtenir le grade de docteur en médecine.

1º INDIQUER LES PRINCIPAUX MODES D'APPLICATION DE LA PHYSIQUE A LA MÉDECINE ?

2º QU'ENTEND-ON PAR MEMBRANE PUPILLAIRE ?

3º QUELLES SONT LES DIVERSES ESPÈCES D'EXOSTOSES ? LE MÊME TRAITEMENT EST-IL APPLICABLE A TOUTES ?

5º EXPOSER LES CAUSES, DÉCRIRE LES SYMPTÔMES ET LA MARCHE DE LA ROUGEOLE.

Thèse

Présentée et publiquement soutenue à la Faculté de Médecine de Montpellier, le 30 mars 1837.

PAR

J.-B. FARGIER-LAGRANGE,

Des SAGNES (Ardèche);

Élève de l'École pratique et d'opérations chirurgicales ; Ex-Chirurgien externe à l'Hôtel-Dieu-St-Éloi de Montpellier; Membre titulaire du Cercle médical de la même ville ;

POUR OBTENIR LE GRADE DE DOCTEUR EN MÉDECINE.

Professione pietatis aut laudatus erit, aut excusatus..
TACIT.

MONTPELLIER.

Imprimerie de MATTHIEU DUCROS, rue des Sœurs Noires, nº 3.

1838.

A MON PÈRE
ET A MA MÈRE.

Respect, amour et reconnaissance éternels.

A MON GRAND-PÈRE.

Attachement inaltérable.

J.-B. FARGIER-LAGRANGE.

… A MON ONCLE,

MON PARRAIN,

FARGIER-LAGRANGE.

Témoignage de reconnaissance et de l'affection la plus inviolable.

A TOUS MES AMIS.

Dévouement.

J.-B. FARGIER-LAGRANGE.

Avant-Propos.

Notre première question s'étant présentée à nous, sous un cadre extrêmement vaste, nous avons voulu le remplir, autant qu'il nous a été permis; quoique nous ayons, à dessein, omis beaucoup de choses, et glissé seulement sur nombre d'autres, ceci n'a pas laissé que de nous conduire bien loin. Aussi, nos trois dernières questions se ressentent-elles de la préférence que nous avons donnée à la première.

Puissions-nous, à ce titre, obtenir l'indulgence de nos illustres juges.

(N⁰ **45.**)

SCIENCES ACCESSOIRES.

Indiquer les principaux modes d'application de la Physique à la Médecine.

« Les élémens paraissent obéir, dans les corps
« vivans, à d'autres lois que dans les corps morts
« ou sans vie. Par conséquent, les produits de leur
« action réciproque sont d'une autre espèce que
« ceux des corps qui ne jouissent pas de la vie. La
« cause de cette différence s'est soustraite jusqu'à
« présent à nos recherches, et nous l'attribuons
« à une force de nature particulière qui n'appar-
« tient qu'aux corps vivans. »

(Berzélius, traité de chimie, tome V).

La *Physique*, considérée d'après son étymologie grecque, comprendrait l'étude de toute la nature ; mais l'usage l'a renfermée dans des limites plus étroites. Appelée à exposer les phénomènes qui se passent sur notre planète, et les propriétés des corps qui les produisent, elle a un rôle déjà fort étendu, et se trouve en contact par ce moyen avec plusieurs autres sciences, et particulièrement avec la médecine.

Celle-ci s'occupe, en effet, des corps vivans, et bien que, suivant l'opinion d'un grand nombre de savans, il ne soit permis au physicien d'étudier les corps organisés que dans leur partie purement corporelle, c'est-à-dire, après avoir fait abstraction de la vie qui les animent, la *physique* a souvent brisé ses chaînes et a voulu pénétrer les mystères de l'organisation. Dans ces derniers temps où l'esprit d'indépendance animait toutes les sciences, elle a fièrement revendiqué des droits qui ne lui appartenaient qu'en partie, et, dans son orgueilleuse prétention, elle a cherché à asservir la métaphysique et la morale. Il est aisé de prévoir, d'après cela, ce que serait devenue la physiologie, et par conséquent la médecine, si une sage résistance n'eût été opposée à cet envahissement illégitime.

Les tentatives de ce genre ne sont pas nouvelles pour la science. Il paraît que le vieillard de Cos a eu à lutter contre les physiciens de son temps; il s'est même vanté de les avoir excommuniés de son temple. L'ancien adage *(ubi desinit physicus, hic incipit medicus)* n'indique autre chose que la

victoire du père de la médecine. Les professeurs de l'école de Montpellier, animés du saint amour de la science, et désireux de marcher sur les traces du grand Hippocrate, ont de tout temps repoussé les prétentions trop hautes de la physique, et ne lui ont accordé, dans ses applications à la médecine, qu'une importance secondaire. Voici, au reste, comment s'exprime à ce sujet l'homme le plus marquant de cette école : « Plus on fait usage
« de la bonne méthode de philosopher dans la
« science de la médecine-pratique, plus on reconnaît
« que toutes les parties essentielles de cette science
« sont entièrement hétérogènes aux sciences de la
« physique générale, de la chymie, et de l'histoire
« naturelle. Celles-ci peuvent lui fournir quelques
« applications heureuses, et plusieurs remèdes pré-
« cieux. Mais la science de l'art de guérir, sans né-
« gliger aucuns des moyens subsidiaires qu'elle peut
« leur devoir, existe par elle-même, et reste in-
« dépendante. »

(BARTHEZ, Traité des fluxions).

Nous ne chercherons pas à fortifier l'opinion de Barthez par des preuves empruntées à des ouvrages plus récens. Nous nous contenterons, sous ce raport, de renvoyer le lecteur aux écrits immortels de Lordat, Bérard, Dumas, etc., en prévenant toutefois que ce dernier auteur a montré plus de relâchement que ses illustres collègues, ce qui tient, sans doute, au désir qu'il eut de payer son tribut de condescendance à la philosophie de Condillac, qui était alors à l'ordre du jour.

Quoiqu'il en soit, nous remarquons, sans aucune surprise, que les médecins de Paris ont presque toujours incliné dans un sens contraire, et, qu'à quelques exceptions près, la plupart de leurs ouvrages physiologiques ou pathologiques sont empreints de l'empire de la physique ou du matérialisme. On ne peut pas s'y tromper, leurs écrits ont une allure particulière, et si, retenus par certaines convenances, ils ne péchent pas toujours par la forme, il est facile, avec un peu de sagacité, de reconnaître que, dans le fonds, leur intention est constamment la même. Si nous mettons ici en regard les tendances des deux écoles rivales, c'est afin de mieux faire ressortir le génie qui leur est propre, pour que personne ne puisse s'y méprendre. Quant à la cause de cette différence radicale, il ne serait pas bien difficile de la trouver, mais cette recherche nous entraînerait dans des détails que nous avons à cœur d'éviter. Hâtons-nous donc d'aborder notre question.

La *physique* ayant pour sujet l'étude des propriétés de la matière et des forces qui la régissent; et l'homme, abstraction faite de ses *enormonta*, étant un corps évidemment matériel, il en résulte que son étude, sous ce dernier raport, appartient entièrement à la physique. Dès-lors, toutes ces parties constitutives obéissent aux lois de la déclivité et de la pesanteur : les phénomènes d'imbibition, d'hypérémie, hypostatique, de transsudation, se présentent sur plusieurs points : la chaleur, le froid, l'humidité, peuvent s'emparer impunément du corps, et ne sont plus balancés par aucune résistance ; on peut communiquer arbitrairement au cadavre une température artificielle plus ou moins élevée.

Vu de cette manière, il est certainement incontestable que le corps humain, ne soit soumis à l'empire des lois physiques mécaniques et chimiques ; mais ce n'est pas seulement sous ce point de vue que le médecin doit considérer l'homme. Cet être si remarquable doit être étudié non seulement lorsque ces organes sont frappés de mort, mais encore lorsqu'il est dans l'exercice de toutes ses fonctions. Le cadavre passif et inanimé ne peut pas prétendre à nous éclairer sur les deux forces actives qui sont particulières à l'homme. L'anatomie ne peut donc nous instruire que sur une seule période de l'histoire de la vie, elle est incompétente pour le reste ; car elle ne doit s'occuper que des organes que la vie a abandonnés. Dans l'examen de notre question, nous devons donc nous représenter l'homme dans toute son extension ; l'étudier en santé et en maladie, et nous l'approprier encore après la mort. Il est aisé de prévoir déjà que les difficultés de notre tâche ne sont pas de faire ressortir l'influence des lois physiques sur les corps morts, cela est aujourd'hui démontré par tout le monde, mais seulement sur les corps vivans, principalement sur l'homme, qui est l'objet de la médecine. Néanmoins, dans chaque section de notre travail nous nous éléverons des phénomènes observés après la mort, à ceux observés pendant la vie, ne serait-ce que pour mieux établir le contraste de ces deux états du corps humain.

L'homme est composé de solides, de liquides, de fluides gazéiformes, peut-être même vaporeux, (1) et de deux puissances particulières que personne ne peut révoquer en doute, et qui portent les noms, l'une de *principe intellectuel*, c'est la plus noble; l'autre de *principe vital*, force *vitale*, etc., etc.... De la réunion de ces divers élémens, résultent les tissus, les appareils, les organes destinés à contenir les gaz et les liquides qui les

---

(1) Le docteur Gaspard a observé que le corps de l'homme plongé dans un bain et exposé à la lumière solaire, se couvre de bulles aériformes, de même que les feuilles des végétaux soumis à la même expérience. On doit se souvenir de la formation d'emphysèmes spontanés, de la vessie natatoire des poissons, etc., etc. Malacarne était allé jusqu'à admettre des vaisseaux aérifères.

On a parlé aussi des vapeurs du sang, de la sérosité, du sperme et de l'urine.

arrosent de toutes parts. Un mouvement perpétuel s'opère dans tous ces élémens, sous l'influence des deux forces actives, et en sus, sous l'influence de forces étrangères du domaine de la physique. Ces forces peuvent être distinguées en deux classes: les premières se réduisent à l'*impulsion*, l'*attraction*, l'*élasticité*; les secondes sont les *agens* de la nature dont l'essence n'est pas encore bien connue, et qui ont été imaginés pour expliquer les phénomènes de la *chaleur*, de la lumière, de l'électricité, du magnétisme. L'organisme humain est encore sous l'influence des propriétés générales de la matière. C'est par leur examen et leur application à la médecine, que nous allons ouvrir notre marche. Nous étudierons immédiatement après l'application des diverses parties de la physique aux diverses branches de la médecine, telles que la physiologie, la pathologie, la thérapeutique, l'hygiène, et nous consacrerons un article à la météorologie, dont les rapports avec la science médicale sont très-certains. Nous aurions pu, il est vrai, embrasser d'une manière générale l'application de la physique aux solides liquides et fluides du corps humain, sans autre égard pour les divisions de la science de l'homme. Là, nous aurions vu nos solides et nos liquides soumis aux lois de la statique, de la dynamique, de l'hydrostatique et de l'hydraulique; nous aurions tenu compte aussi des rapports de similitude qui peuvent exister entre les agens de la nature et les facultés particulières à l'homme. Mais cette marche ne nous aurait pas permis de parcourir toute la science, sinon elle nous eût exposé à des répétitions sans nombre. Au fur et à mesure que nous avancerons, nous appliquerons en effet ces mêmes lois avec plus de convenance. D'un autre côté, cette marche ne nous aurait permis d'envisager notre sujet que d'un seul côté, celui des élémens constitutifs, tandis qu'en adoptant le plan indiqué ci-dessus, la considération de ces élémens se trouve combinée avec celle des diverses branches de l'art de guérir.

Les propriétés générales de la matière sont : *l'étendue*, *l'impénétrabilité*, la *compressibilité*, la *dilatabilité*, la *divisibilité*, la *porosité*, la *densité*, *l'élasticité*. Quelques physiologistes ont compté cette dernière propriété au nombre des forces qui animent les corps bruts, et qui sont *l'impulsion*, ou mobilité, *l'attraction*, *l'affinité* et *l'inertie*. Nous entendons dire même souvent, que toute la physique est régie par *l'élasticité*. Ne cherchons pas à débrouiller cette question ; laissons-en le soin à la physique ; nous nous contenterons d'étudier les effets de *l'élasticité*, sur l'homme.

Les propriétés générales des corps, sont-elles modifiées ou non par la matière organique ? Voilà la question à laquelle il faut répondre, en observant les effets qui résultent de ces propriétés et sur la matière organique morte, et sur la matière organique animée.

L'étendue et *l'impénétrabilité* sont des propriétés qui ne peuvent souffrir la moindre modification de la part des corps vivans, puisque, sans elle, ces corps seraient incompréhensibles, et ne seraient que néant. Nous ne devons donc pas nous en occuper.

Nos parties ont certainement la propriété d'être réduites à un moindre volume. La moindre pression exercée sur le corps, met ce fait en évidence, surtout si nous tenons compte du poids atmosphérique qui pèse sur nous. Mais lorsqu'on nous donne la *compressibilité* comme propre à maintenir nos parties solides et liquides dans des rapports convenables, il faut avouer que cette propriété agit beaucoup moins ici que la force de conservation. Celle-ci lutte sans cesse contre l'introduction dans l'économie des agens externes ; après son extinction, la chaleur, le froid et l'humide, s'emparent de nos tissus, et cela en vertu d'autres propriétés que nous ferons connaître. La connaissance de ce fait, que nos parties sont compressibles, est utile à cause des applications que la pathologie chirurgicale peut en recevoir (1).

La dilatibilité des corps vivans nous paraît évidente dans certains cas. Après un exercice continué pendant quelque-temps, après une excitation plus ou moins violente, externe ou interne (chaleur,

---

(1) Voyez art. pathol.

colère), après une pression plus ou moins forte sur quelque partie du corps, nos liquides éprouvent un déplacement sensible qui augmente le volume des parties qui les reçoivent. Mais il ne faut pas confondre avec ce phénomène purement accidentel et de cause externe, les mouvemens fluxionnaires et d'expansion vitale et de dilatation. Ces derniers sont liés dans leurs opérations à certains modes de la puissance vitale ou de la force motrice. La propriété qu'ont nos tissus d'être dilatés, trouvera de nombreuses applications en chirurgie (1).

Il suffit, pour prouver la *divisibilité* dans le règne organique, de se rappeler les faits nombreux qu'a recueillis la science.

Le musc fournit des émanations odorantes qui sont presque inépuisables.

Un centigramme d'indigo peut colorer cent millions de parties d'eau.

Les animaux microscopiques qui ne sont visibles à l'œil, ni dans l'eau, ni dans le vinaigre, présentent néanmoins à l'observation des organes bien formés, et des vaisseaux qui retiennent des liquides colorés.

Les fils d'araignée sont formés de six autres fils qui sortent de six mamelons placés sous le ventre de l'animal, et offrent une organisation très compliquée, malgré leur extrême petitesse.

(1) Voyez art. pathol.

M. Paniset nous aprend enfin que dans une goutte de sang d'un millimètre cube il peut entrer un million de globules de $\frac{1}{150}$ de millimètre, ainsi qu'on l'observe chez l'homme, le chien, la souris, le lapin, etc.

En présence de ces faits, il y a sujet à être saisi d'admiration. Plus on les observe, et plus on est forcé de s'incliner devant cette nature qui est merveilleuse dans ses moindres opérations: *Maximè miranda in minimis.*

La divisibilité de la matière organique a été fortement étudiée dans les tissus de l'économie. Les physico-physiologistes, peu satisfaits des élémens anatomiques que Bichat et son école leur avaient légués, ont voulu aller encore plus loin, et armés du microscope, ils ont étudié la composition moléculaire des fibres organiques. Prévost, Dumas et M. Edwards ont trouvé le dernier élément de nos tissus formé de globules à peu près semblables entre eux et analogues à ceux du sang, dont le volume est égal à $\frac{1}{300}$ de millimètre en diamètre.

Hippolyte Royer-Collard, de son côté, a réduit à trois les états élémentaires de la matière organisée : 1° *l'état amorphe*, état de fluidité de la matière ; 2° *l'état globulaire*, qui laisse voir des globules nageant dans un milieu liquide ; 3° enfin, *l'état fibrilaire*, où il est permis de voir les globules organiques disposés en séries linéaires (Blandin).

Mais quelles sont les conséqeences qui découlent

de ces acquisitions nouvelles? Les micographes sont allés un peu plus loin que Bichat : voilà tout ce qu'il est permis de répondre. Nulle application importante de ces détails ne peut être faite ni à la physiologie, ni à la médecine-pratique. En effet, de quelle utilité est pour nous l'observation qui apprend que les globules en question n'ont que $\frac{1}{200}$ de millimètre chez la chauve-souris, augmentant de volume chez les oiseaux, les reptiles et les poissons, en même temps qu'ils changent de forme (Bouisson, de Montpellier)? Que nous importe à nous que M. Edwards ait cru à tort, ainsi que le veut le jeune et savant professeur que nous venons de citer, que ces globules aient dans tous les tissus $\frac{1}{300}$ de millimètre ? Une telle erreur peut-elle être de quelque secours à la médecine interne ? Cela nous apprend-il mieux à administrer un purgatif, un vomitif ou à prescrire une saignée? Avons-nous à craindre, supposant démontrée cette erreur microscopique, que les bases de la science médicale soient ébranlées et à la veille de quelque secousse terrible? Nous entendons répondre négativement de toute part ; jugeons sur cela de l'importance de cette manière d'étudier l'homme. Les oisifs et les curieux peuvent y trouver quelque intérêt, quelque délassement, mais les vrai médecins n'y trouvent qu'orgueil et fatuité. La science du scalpel, du microscope et de l'alambic doit désespérer de porter atteinte à la médecine d'observation.

Avant d'aller plus loin, nous nous laisserons arrêter par une réflexion qui se présente naturellement; c'est qu'il est impossible de concevoir cette extrême divisibilité de nos élémens anatomiques, sans admettre en même temps une force quelconque qui les gouverne et les maintient tous dans des rapports convenables. Le corps humain tombe bientôt en dissolution lorsque cette puissance est éteinte. Partant de là, et nous élevant dans le monde physique, nous remarquons que les corps planétaires ne décrivent régulièrement leurs orbes autour du soleil qu'en vertu d'un pouvoir secret institué *a priori*, qui impose à ces grandes masses des obligations réciproques desquelles résulte l'équilibre et l'harmonie observés dans l'univers. Newton, appliquant son vaste génie à ce grand phénomène, ramène tout aux lois de l'attraction; mais il ne faut pas ici se laisser entraîner par le sens étymologique de ce mot, qui semble nous dire que les corps de l'univers s'attirent continuellement de manière à faire pressentir qu'un jour tout, dans cet univers, se réduira à un noyau, à moins que d'admettre une force d'expansion pour faire antagonisme à la force d'attraction. Ceci nous avertit de ne pas donner à nos formules des sens trop déterminés.

De la porosité. Lorsque nous avons parlé de la dilatabilité, il a été question de l'augmentation sensible de volume de nos parties par l'introduction expansive de quelque agent. Celui-ci, quelque insaisissable qu'il soit par sa nature ne peut pénétrer dans l'économie qu'à la condition d'attribuer à nos tissus la propriété d'avoir des pores. Le malaise que nous éprouvons par les temps humides s'explique par l'admission de ces ouvertures imperceptibles dont le règne animal et végétal offrent des exemples multipliés, au nombre desquels nous citerons l'absorption de l'eau par l'éponge, le bois, le charbon et l'hydrophane. M. Vavasseur a cité à tort la nutrition et la transpiration comme exemples de porosité. La vie maîtrise toujours ces deux fonctions, et après la mort il n'y a plus de nutrition, ni de transpiration possibles.

Continuons à mettre hors de doute la porosité des corps organisés. Les bois augmentent de volume pendant l'humidité, et diminuent pendant la sécheresse ; des tonneaux mis à dessécher se déjoignent, et retenus quelque temps dans l'eau, ils se gonflent et leurs ouvertures intercallaires se ferment. La peau est un corps très poreux, car, si on enferme du mercure dans une peau privée de son épiderme, ce métal sort sous forme d'une pluie fine, lorsque la moindre pression est exercée.

La porosité n'existe pas au même degré dans tous les corps, et parmi les tissus de l'économie il y a, sous ce rapport, de nombreuses différences. Nous citerons comme extrêmes opposés d'exemples de porosité, d'une part, le tissu cellulaire qui se laisse imbiber si facilement et qui devient souvent le siége d'œdèmes, d'anasarques, d'infiltrations, etc., etc.

Sur le cadavre où la résistance vitale n'existe plus, la porosité devient évidente. Alors le sang se précipite vers la partie la plus déclive. La face postérieure du corps est nécessairement la plus congestionnée. Déjà Baillie avait entrevu ce phénomène et en avait profité pour distinguer l'état inflammatoire des poumons, de l'apparence que leur donne l'infiltration de sang, qui a lieu après la mort, par la pesanteur. Indépendamment de cette hypérémie hypostatique, M. Andral parle encore d'une hypérémie par transsudation du sang à travers les parois vasculaires, lorsque les forces vitales ont cessé d'animer ces dernières. Alors, les tissus ne sont plus imperméables ; le sang, la bile, les gaz, abandonnent leurs cavités et transsudent à travers les tissus environnans.

La propriété dont il est ici question n'est pas aussi démontrée pour les corps vivans, où elle est en quelque sorte réduite à zéro d'existence.

Si nous écoutons M. Magendie, nous apprenons que les phénomènes d'imbibition n'ont rien de commun avec la vie, et qu'ils en sont même tout-à-fait indépendans. « Mettez, dit-il, un liquide en con-
« tact avec une surface quelconque du corps d'un
« animal vivant, il s'imbibe dans les tissus, et
« même beaucoup mieux qu'il ne s'imbiberait après

« la mort. » Ce fait est mal interprété, et il doit paraître surprenant, en effet, que l'imbibition soit plus active avant qu'après la mort ; il doit y avoir là quelque chose qui a échappé à la sagacité de l'expérimentateur, et il nous semble que le vieil aphorisme (*ubi stimulus, ubi fluxus*) rend mieux compte du phénomène observé.

De la porosité des tissus, nous sommes naturellement conduits à leur *densité* ; mais ces deux propriétés sont en opposition manifeste. Un corps est d'autant moins poreux qu'il est plus dense. Dire qu'un corps, un tissu, un organe, a plus de densité qu'un autre, c'est avouer implicitement qu'il a plus de particules élémentaires. Nous pouvons nous convaincre, sous ce rapport, que nos tissus les plus denses sont aussi les moins poreux (tissus osseux). L'histoire de la densité se trouve comprise avec celle de la pesanteur spécifique des corps, ce qui se comprend très bien ; car, lorsqu'en comparant des corps hétérogènes à volume égal, on observe des poids inégaux ; on a l'habitude d'exprimer la différence en disant que l'un des corps est plus dense que l'autre. Si nous cherchions à constater la pesanteur spécifique de tous nos tissus, nous trouverions des différences qui seraient toujours en faveur de ceux qui sont les plus denses.

Il ne faudrait pas confondre la force de cohésion avec la densité, car ce serait confondre la cause avec l'effet. La cohésion est une force d'attraction qui oblige les molécules des corps à adhérer entre elles ; de sorte que des tissus peuvent montrer beaucoup de différence, quant à leur densité, sans que pour cela leur force de cohésion soit moindre. Seulement il faut dire que si un tissu est plus dense ou plus poreux qu'un autre, c'est que sa nature l'a destiné à être ainsi.

De l'élasticité. M. Magendie en a admis trois espèces ; 1° de *compression*, 2° de *traction*, 3° de *torsion*. Il affirme que la possibilité qu'ont les corps de produire ou de transmettre le son, autrement dit tout corps susceptible d'entrer en vibration, est un corps élastique. Nous verrons sous peu les applications heureuses qu'il a su faire à l'économie humaine.

Passant ensuite à l'examen de ce que Bichat appelait propriétés de tissu, la *contractilité* et l'*extensibilité*, qu'il regardait comme spéciales aux tissus, il les a considérées comme des phénomènes purement élastiques. Prenez, dit-il, une artère et tiraillez-la, elle s'allonge en raison de son extensibilité ; cessez de tirailler, elle se raccourcit en raison de sa contractilité. Entre ce phénomène et ceux étudiés sur les corps inertes, il n'y a aucune différence ; ils sont par conséquent tous dépendans d'une seule et même propriété, *l'élasticité*.

Les tissus dont nous sommes composés doivent offrir beaucoup de différences, sous le rapport de la propriété élastique. Mais un fait digne de fixer notre attention, c'est que les tissus les plus élastiques se trouvent situés sur les points où s'opèrent le plus de mouvemens, sur les points où il faut le plus de résistance de la part de ces tissus. C'est ainsi que le tissu jaune élastique est très multiplié autour de la colonne vertébrale ; que les catilages, les fibro-cartilages et les ligamens sont très abondans aux environs des articulations mobiles. Dans le canon artériel, où il est besoin d'une réaction continuelle contre l'effort de la colonne de sang, se trouve encore du tissu élastique.

C'est ainsi que ce tissu se trouve surabondamment développé à la partie supérieure du cou (ligament cervical postérieur) des animaux à tête pesante, à la face inférieure de l'abdomen des chevaux et des grands mammifères.

Cette propriété très prononcée, comme on le voit chez les corps vivans, n'est pas tout-à-fait soustraite à l'empire de la vie. Lorsqu'une cause ou une lésion quelconque agit, par exemple, sur les centres nerveux, de manière à en troubler les fonctions, tous les tissus de l'économie en ressentent une influence plus ou moins profonde, et dès-lors vous auriez beau supposer encore plus nombreux les tissus élastiques dans les parties mobiles de notre corps, les tissus sont sourds, cette fois, à la voix qui les appèle, et ne se montrent que les ministres impotens d'un pouvoir qui n'est plus, pouvoir dont ils ne reprendront les ordres que lorsqu'il sera sorti de sa profonde léthargie.

Du racornissement des tissus organisés. Celui-ci est la propriété qu'ont les tissus organisés vivans, ou privés de vie, de se racornir, de se resserrer, de se crisper par l'action de divers agens. Ceux-ci peuvent être réduits à deux classes, par la manière dont ils agissent. Les premiers sont le feu et les acides qui provoquent un racornissement prompt ; les seconds, sont les sels neutres, l'air, l'alcool, etc., qui opèrent un racornissement lent, graduel, insensible même. Le racornissement est une propriété commune à tous les tissus, excepté les cheveux, l'épiderme et les ongles, qui n'en présentent que les rudimens. L'énergie du racornissement des tissus est toujours en raison directe de la disposition fibreuse de ces mêmes tissus (muscles, tendons, nerfs).

Nous venons de parcourir rapidement les propriétés des corps, et nous les avons étudiées dans leurs rapports avec la matière organisée, particulièrement avec l'homme. C'était là notre principale obligation. Nous devrions maintenant, fidèle à notre marche, en faire autant pour les forces physiques, *l'impulsion*, *l'attraction*, *l'affinité*, *l'inertie;* mais remarquant que leur étude se fond avec celle qu'il nous reste à faire de la physique appliquée aux diverses branches de l'art de guérir, nous avisons beaucoup à ne pas faire des répétitions. Cette deuxième partie sera divisée en plusieurs chapitres relatifs à la physiologie, à la pathologie, à la thérapeutique, à l'hygiène. Chacun de ces chapitres sera encore subdivisé en plusieurs sections. Ainsi, par exemple, la partie physiologique comprendra autant de sections que nous reconnaîtrons d'ordres différens de fonctions.

CHAPITRE PREMIER.

La physiologie a pour sujet l'étude des fonctions du corps; il faut donc examiner quels sont les points de contact que la physique peut avoir avec toutes ces fonctions.

PREMIÈRE SECTION.

Commençons par les fonctions dites de *relations*. Il est évident que la physique ne peut s'appliquer qu'aux fonctions d'expressions, telles que la *voix*, la *vue*, *l'ouïe*, la *locomotion*.

1° La voix est une fonction dépendante de la volonté, et les sons vocaux qui servent à la former résultent de la percussion de l'air dans le larynx, en vertu d'une loi physique qui établit que le fluide aériforme, passant avec plus ou moins de rapidité d'une ouverture dans une autre plus large, il y a un choc suivi de la formation du son. On a vu la perte de la voix résulter d'ouvertures fistuleuses ou artificielles, situées au-dessous de la glotte. Dans le phénomène de la phonation, nous devons donc tenir compte de l'élasticité de l'air et des mouvemens moléculaires qui doivent s'opérer dans les parties constitutives du larynx par leur contact avec le fluide élastique.

Quoiqu'il en soit, l'organe de la voix ne ressemble qu'à lui-même; c'est peut-être à tort que depuis Aristote et Galien on l'a comparé à une foule d'instrumens de musique, tels que la flûte, la trompette, le violon, etc. Le physiologiste n'a pu, jusqu'ici, nous éclairer que sur son mécanisme; quant à l'essence de la phonation, elle lui a échappé par la raison, dit M. Colombat, que l'homme n'aura jamais à sa disposition les élémens de l'acte vital. N'est-il pas impossible, en effet, de provoquer le phénomène de la voix après la mort, alors pourtant que nous pourrions diriger sur le larynx tous les courans d'air imaginables ? Fodéré considérait la voix comme un instrument plein d'âme et de vie, qu'il n'est pas donné à la puissance humaine de deviner complètement.

2° La vue est en grande partie sous l'empire de la physique; elle ne s'opère qu'à la condition de trois facteurs : 1° l'œil ; 2° la lumière, fluide subtil émané des corps lumineux (Newton), ou résultant de l'agitation d'un éther, dans lequel baignent tous les corps de la nature (Descartes); 3° l'air, qui sert du véhicule à cette dernière.

Le mécanisme de la vision a été comparé à celui de la chambre obscure. Haller, étudiant ce phénomène sur des animaux jeunes dont les membranes de l'œil sont encore transparentes, et M. Magendie sur des yeux de lapins albinos, ont remarqué que l'image des corps externes venait se peindre dans l'œil, mais dans une position renversée.

On est généralement d'accord dans l'application de la physique à l'étude de la vision, pour ce qui concerne les réfractions et les divergences que déterminent le passage des rayons lumineux à travers des milieux variables en densité. C'est même en invoquant ces lois de réfraction et de dispersion des rayons lumineux que l'on parvient à expliquer la myopie et la presbytie. La cause de ces deux troubles de la vision ne tient, en effet, qu'à des lésions tout-à-fait physiques ou organiques : nous voulons parler de la convexité ou de l'aplatissement trop grand de la cornée, que l'on peut parvenir à corriger mathématiquement à l'aide de verres appropriés. On peut semblablement expliquer le trouble de la vision ou la cécité complète par le siége de l'opacité sur les parties qui comprennent le cône antérieur des rayons lumineux; ou sur celles qui comprennent le cône postérieur.

Mais la physique est encore incertaine dans l'explication qu'elle donne des phénomènes d'aberration et de réfrangibilité. On peut en dire autant par rapport au renversement de l'image.

Dans ce dernier cas on a dit : comme nous rapportons nos sensations à nous-mêmes, la rectitude de l'objet n'est que relative, et son inversion existe réellement au fond de l'œil.

3º L'ouïe a été regardée par Bernardin de Saint-Pierre comme l'organe immédiat de l'intelligence. Cette opinion est erronée, et l'on peut avancer sans crainte que l'ouïe est moins le sens de l'intelligence que celui de la force vitale. Expliquons-nous sur ce point. L'ouïe, dites-vous, est pour l'homme une source inépuisable de plaisirs exquis ; vous avancez un fait qui milite en faveur de notre proposition, car les passions ont particulièrement leur siége dans la force vitale. Au surplus, si nous examinons ce qui se passe chez les sourds et muets et sur les amaurotiques de naissance, nous trouvons de quoi nous convaincre pleinement. Chez les premiers, en effet, il n'est pas possible d'observer le moindre dérangement dans les facultés intellectuelles ; les sourds et muets peuvent s'élever dans les sciences de haute portée, et la plupart d'entre ceux qu'il nous a été possible d'observer, nous ont paru remarquables par leur intelligence ; chez eux la conception est si rapide qu'il est presque impossible de suivre leur conversation plus expressive que la nôtre. Au contraire, chez les amaurotiques nous trouvons une stupidité complète, et nous les reconnaissons dans nos hospices à leur air hébété, à leur physionomie sans expression.

On le voit, s'il est permis de mettre l'organe en rapport avec la fonction ; il est impossible de ne pas convenir que la vue ne soit plutôt liée avec l'intelligence, que ne l'est l'organe de l'ouïe.

Cette dernière est plus immédiatement en rapport avec le cœur, qui est le trésor de la vie, en ce qu'il est le siége de nos sentimens de bonheur et d'espérance. C'est en lui que réside le sentiment de l'harmonie, de la mélodie, et le charme de la musique. C'est à cet organe que David s'adressait, par l'intermède de l'ouïe, lorsque profitant de la magie de sa harpe, il cherchait à calmer les fureurs de Sahül.

L'ouïe est le moins connu de tous les sens. « On ne sait pas même encore, dit Cuvier, ce qui est nécessaire pour qu'il y ait, en général, ouïe ou perception du son. » Toutefois, il est assez naturel de penser que l'ouïe suppose le concours de trois conditions: 1° l'organe, appelé oreille ; 2° le son, résultant d'un choc qui est lui-même l'effet de la rencontre des corps mis en mouvement dans l'espace; 3° l'air dont le concours est indispensable, car M. Biot a expérimenté que la formation du son ne se faisait pas dans le vide. Le son va avec une rapidité étonnante ; M. Biot, eu égard à tous les obstacles, l'a estimée égale, cette rapidité, à 1142 pieds par seconde. Le son perd de son intensité, dans sa propagation, et M. Biot est arrivé à cette conclusion que le bruit de la sonnerie allait en diminuant à mesure que l'air était plus rare.

Si maintenant ayant égard à la nature des parties constitutives de l'oreille et de la trompe d'Eustache, nous voulons nous rendre un peu compte de ce qui se passe dans cet organe en action; nous parvenons à connaître que la disposition anatomique de la conque propre à la réunion et à la réflexion des rayons sonores, et sa structure fibro-cartilagineuse, ainsi que celle d'une portion de la trompe, doivent éprouver un ébranlement moléculaire par leur contact avec la colonne d'air qui sert de véhicule au son. Celui-ci ébranle la membrane tympanique, et cet ébranlement est bientôt transmis aux osselets qui le communiquent à leur tour à la membrane vestibulaire, d'où il est enfin réfléchi au lieu de perception, après avoir retenti dans les cellules mastoïdiennes. A n'en pas douter, l'élasticité joue un grand rôle dans tous ces actes. C'est même par le défaut d'élasticité de l'air contenu dans l'oreille, que l'on explique la surdité qui résulte de l'oblitération de la trompe d'Eustache. L'air de l'oreille interne étant d'autant plus élastique qu'il est plus renouvelé, nous avons l'habitude, dit Richerand, d'ouvrir la bouche pour bien écouter. N'est-ce pas encore en vertu d'une propagation matérielle que les vibrations sonores peuvent être transmises aux organes de l'ouïe, ainsi que Winckler en a fait la remarque ?

Locomotion. Nous l'étudierons dans ses rapports avec nos mouvemens volontaires.

La locomotion se manifeste à nous par des mouvemens apparens, qui ont pour cause des phénomènes *cachés*, qui se passent dans l'intérieur du corps ; ces derniers dépendent des mouvemens des os et de l'action musculaire, soumis eux-mêmes au libre arbitre. Jusqu'à quel point la dynamique peut-elle prétendre à l'explication de ces mouvemens apparens ? Voilà ce à quoi il faut répondre.

Tout mouvement suppose des puissances, des résistances et des points d'appui ; et en sus la propriété élastique du corps qui se meut. Nul doute par conséquent que le corps humain ne soit au pouvoir de la physique. Dans l'économie animale nous trouvons les trois espèces de leviers qui y sont même répartis de la manière la plus convenable. Lorsqu'il est besoin d'équilibre (colonne vertébrale), la nature emploie le levier du premier genre (inter-appui). Le levier du second genre (inter-résistant), est observé, malgré sa rareté, là où il y a une grande résistance à surmonter. Enfin, celui du troisième (inter-puissant) favorable au mouvement, mais nuisible à la puissance, est celui qu'on trouve aux membres. Les rapports de la puissance avec l'axe du levier sont tellement défavorables dans le troisième genre de levier, vu chez l'homme, qu'il faut toujours une grande dépense de force pour obtenir le plus faible résultat, ce qui est tout le contraire de ce qu'on observe en mécanique, où, avec de faibles puissances, on produit les plus grands effets.

Nous devrions étudier l'action des leviers dans les progressions, la course, la nage, la grimpe; mais le genre de ce travail nous conduirait trop loin.

SECONDE SECTION.

Cette seconde section comprendra les fonctions génitales dont nous allons étudier le mécanisme dans les rapports avec la physique. —

La physique n'a pas beaucoup de prise sur cet ordre de fonctions. C'est en vertu d'une loi primitivement établie dont on ne peut ni méconnaître l'immutabilité, ni approfondir la raison d'être, que toute créature vivante est destinée à périr. Et c'est comme une conséquence inévitable de cette terrible loi, que la nature a donné à tous les êtres de la prérogative de se propager. C'est même là le caractère le plus distinctif du règne organique. C'est par la génération que nous sommes destinés à nous opposer aux ravages de la mort ; sans elle, l'univers ne serait bientôt plus qu'un vaste désert.

Elle se compose d'une série d'actes. Nous en signalerons quelques-uns.

Le désir impérieux du rapprochement conduit à l'acte de la copulation, dans lequel on peut constater la propriété qu'ont les tissus des organes copulateurs de se dilater sous l'influence d'une action qui est éxécutée par les organes sexuels des deux espèces, et qui provoque un afflux de sang dans les corps caverneux, l'urètre et le gland. De là, l'érection et l'éjaculation. Les organes reviennent ensuite à leur état primitif comme le feraient des corps étrangers.

La gestation nous présente la distention des parois abdominales et de la séreuse, qui recouvre l'utérus, mettant au grand jour l'extansibilité de tissu, si bien étudiée par Bichat. Cette fonction nous présente encore le développement de l'utérus et de ses vaisseaux, développement que Bichat était disposé à regarder comme physique, c'est-à-dire, comme résultant de l'effort exercé par le liquide amniotique. Mais des grosseurs extra utérines ont démontré à Levret la dilatation active de cet organe.

TROITIÈME SECTION.

Fonctions nutritives.

1° *Digestion.* La digestion se compose de plusieurs actes dont le plus important est celui de la chimification. Les mécaniciens ont cru l'expliquer par une trituration mécanique en s'étayant sur l'exemple des oiseaux granivores et de l'écrevisse, et n'ont pas craint d'assimiler les changemens d'une substance soumise au pilon d'un mortier, à ceux qu'éprouvent les alimens dans l'estomac. Cette trituration ne peut être comparée à la chimification, d'abord parce que les organes qui en sont le siége ne sont pas analogues, et ensuite parce que cette division mécanique des alimens n'est pas suffisante pour accomplir l'acte digestif.

Les tuniques de l'estomac sont douées d'une certaine élasticité qui n'est pas au même degré pour toutes les trois. L'estomac est susceptible d'une grande distension. M. Magendie a comparé l'estomac à une vessie de cochon adaptée à un œsophage; mais il ne parviendra point à expliquer l'action élective de cet organe sur certaines substances, ni à prouver sa passivité complète dans l'acte du vomissement.

On a attribué la digestion à un courant galvanique qui passerait par les nerfs de la 8e paire, et Brachet n'accorde de l'influence à ces nerfs que sur la contraction musculaire, mettant la fonction des sucs gastriques sur le compte du grand sympathique. En attendant, nous regarderons la digestion comme ne pouvant avoir lieu sans la participation de la force vitale.

2° *Absorption.* L'absorption opère sur toutes les

surfaces du corps et même dans l'intimité des tissus (absorption interstielle); mais elle n'opère que sur des corps fluides, liquides et mous. *Corpora non agunt nisi soluta.* Les instrumens de cette fonction ne sont pas encore bien déterminés. Aujourd'hui, pourtant, on s'accorde à tenir compte des vaisseaux lymphatiques, des veines et de la perméabilité.

Les mécaniciens ont eu recours aux lois de l'attraction pour expliquer l'absorption. Celle-ci résulterait, suivant eux, de l'affinité des vaisseaux ou des tissus pour les liquides absorbés. Cette théorie a l'inconvénient de ne pas rendre compte des choix que font les vaisseaux absorbans.

3° *Nutrition.* La nutrition est la fonction la plus générale que l'on puisse trouver; elle asservit toutes les autres; elle s'exécute dans toutes les parties du corps; elle n'a pas d'organe propre, puisque tous lui sont subordonnés et que leur existence tient tout-à-fait à son exercice. Partout où il y a nutrition, il y a vie; là où la nutrition n'existe pas, il y a mort inévitable. On a cherché, mais vainement, à rendre raison de la nutrition, par une filtration mécanique du sang à travers les pores des artères, et par une précipitation physique des élémens réparateurs dans les parenchymes.

4° *Secrétions et exhalations.* M. Broussais a remarqué que ces fonctions ne sont propres qu'aux tissus animés. Bordeu a reconnu que l'action des glandes reposait sur l'influence vitale. Quant aux lois d'attraction et de pesanteur par lesquelles on a voulu expliquer les sécrétions, elles ne sont bonnes qu'à rendre compte d'une partie du phénomène.

Nous devons reconnaître sans doute que toutes nos parties sont soumises à la pesanteur, généralement parlant; mais il faut avouer aussi que cette pesanteur est sans cesse modifiée par la vie. Plusieurs de nos parties agissent même contre les lois de cette pesanteur.

QUATRIÈME SECTION.

Fonctions vitales comprenant la respiration, la circulation, l'innervation.

1° La respiration se compose de phénomènes mécaniques, chimiques et vitaux. Les premiers se réduisent aux mouvemens d'inspirations et d'expiration qui exigent le concours des parties osseuses, cartilagineuses et des puissances musculaires. L'élasticité joue sans doute un grand rôle dans l'exercice de toutes ces parties, mais la respiration n'en est pas tout-à-fait dépendante. Les puissances musculaires même ne sont pas absolument indispensables, vu que la respiration a pu continuer pendant sept ans, malgré la destruction du diaphragme.

M. Magendie, comparant le mécanisme de la respiration à celui d'un instrument appelé la *canonnière* et à celui du *fusil à vent*, explique les mouvemens par la réaction élastique de l'air qui a été comprimé; mais par ce moyen il n'arrive à se rendre compte que des phénomènes apparens ; et pour expliquer les phénomènes *cachés*, il admet des cribles à mailles très fines dans les dernières ramifications de tous les vaisseaux pulmonaires, et alors se portant à une imbibition à double courant, il donne la raison de l'absorption de l'oxigène, de la transpiration et de diverses expectorations.

2° *Circulation.* Le mécanisme de celle-ci a été comparé à celui d'une machine hydraulique. Les expériences de M. Magendie tendent à faire regarder le cœur comme le seul agent de cette fonction ; les artères et les vaisseaux capillaires sont, suivant lui, des organes essentiellement passifs, alors que le contraire est démontré par l'observation de fœtus acéphales, sans cœur, et par celle où l'induration des quatre cavités de ce dernier rendrait la circulation dépendante tout-à-fait des artères et des capillaires (Corvisart).

3° *Innervation.* Les actes des systèmes nerveux sont si rapides, que des hommes distingués ont cru en trouver les sources dans certains agens de la nature dont l'action est instantanée. C'est sous ce point de vue seulement que nous voyons un rapprochement entre la physique et les fonctions d'innervation.

Les pneumatistes ont pensé que l'électricité expliquait assez les phénomènes vitaux, et que par conséquent le nom d'électro-biotique pouvait être imposé à la cause qui nous anime. Cette opinion a semblé faire fortune. Sans parler de Cuvier, et de l'honorable professeur Dugès, qui se sont occupés de cette question d'une manière générale, nous pouvons rappeler encore les noms de Humboldt, Dumas, Delpech, etc., qui ont cru pouvoir, à l'aide d'un simple courant d'électricité, expliquer la contraction musculaire, la digestion des alimens, la sécrétion de l'urine et la formation du fœtus.

CHAPITRE SECOND.

Pressé par les circonstances, nous fondrons dans ce second chapitre toutes les considérations relatives à la pathologie, la thérapeutique et l'hygiène.

Pathologie chirurgicale. Dans le corps humain tout est merveilleusement organisé pour résister, pour anéantir une puissance étrangère qui tendrait à détruire nos organes. La nature semble avoir multiplié toutes les précautions, afin de nous mettre à l'abri des chutes, des chocs, etc. Il suffit de citer un seul fait pour prouver ce que nous avançons. Le sacrum étant suspendu entre les deux os des îles par les ligamens sacro-iliaques, comme par des soupentes, il en résulte, suivant M. Lordat, que dans les chutes sur les pieds, les genoux et les fesses, ces soupentes étant analogues à celles des voitures, modèrent la propagation des ébranlemens transmis au tronc par les membres inférieurs. Les nombreuses articulations n'ont pas d'autre effet physique que de décomposer les mouvemens trop rapides qui sont transmis à notre machine. Dans tous ces divers mouvemens que le corps exécute pour se mettre à l'abri du danger, l'élasticité et la porosité du tissu osseux doivent nécessairement jouer un grand rôle.

Dans l'examen des chocs, des pressions ou percussions qu'éprouvent nos parties, nous devons avoir égard à la masse, à la vitesse, à la forme, et à la manière dont s'effectue la rencontre du corps moteur avec les parties lésées.

Il n'est pas indifférent de savoir si nos parties rencontrées par un projectile sont en mouvement ou fixées au sol : dans le dernier cas, il doit y avoir fracture plutôt que dans le premier, si la violence est grande.

C'est sur la propriété élastique que possèdent nos tissus que sont basés les appareils, les machines, souvent elles-mêmes élastiques, inventées pour corriger les difformités nombreuses qui affligent l'espèce humaine. Les bandages herniaires et autres destinés à maintenir les parties dans les rapports convenables, reposent sur la connaissance de ce fait que nos parties sont susceptibles d'une certaine compression. Les sondes dont le chirurgien fait un si grand usage ne sont introduites dans les ouvertures naturelles ou artificielles que parce que ces dernières peuvent supporter impunément un degré de dilatation plus ou moins élevé. L'usage de l'éponge, de l'amadou, du bois de gentiane dans les fistules reposent sur le même fait.

Si après une amputation circulaire on observe à la surface du moignon une rétraction différente des tissus, cela tient en partie au degré différent d'élasticité dont jouissent ces derniers. Le chirurgien doit prendre connaissance de ce fait afin de corriger par l'instrument cette disposition capable d'amener des inconvéniens graves, si elle était ignorée.

Nous ne parlerons pas des applications de la mécanique aux instrumens de chirurgie.

Pathologie médicale. D'après M. Magendie, c'est par l'élasticité des tissus, qu'on rend compte des vibrations sonores qui se font dans le corps, vibrations distinguées en solidiennes et en aériennes. Cette distinction est d'une grande importance, car les premières vibrations ne peuvent être appréciées que lorsqu'il y a communication directe entre les corps vibrans et l'oreille de l'observateur. Le stéthoscope a pour usage principal de transmettre les vibrations solidiennes développées dans les organes ; et rarement sert-il de véhicule aux sons aériens. C'est toujours à l'aide de l'élasticité que M. Magendie explique les bruits de soufflet, de scie, de râpe, de lime, le frémissement cataire, etc., de même que les bruits de choc, de soufflet intermittent des artères.

Les maladies réputées contagieuses dont l'homme est si souvent atteint, ne s'introduisent dans le corps que par la voie de l'imbibition, d'après le même auteur.

Ainsi, le typhus, le choléra, la fièvre jaune, la variole, la syphilis, etc., ne s'emparent de nous que de cette manière, et le moyen de s'en prévenir, serait de fermer les ouvertures poreuses qui facilitent cette absorption.

C'est sur la grande facilité qu'ont nos tissus d'absorber, que sont fondées les méthodes endermique, intraleptique, etc. Les médicamens ont été prescrits sous toutes les formes imaginables (frictions, vapeurs, cataplasmes, vésicatoires saupoudrées). Paracelse, qui nourrissait ses malades avec des bains analeptiques, de lait ou de bouillons, avait utilisé la connaissance de ce fait d'absorption. Toutefois, il ne faudrait pas accorder trop de confiance à ce moyen.

L'homme est continuellement en rapport avec les agens externes qui ne peuvent que le modifier, et qui deviennent pour lui la source ou de mille maux, ou de mille moyens de conservation, suivant l'usage qu'il en fait. C'est ainsi que la *lumière* agit sur nous d'une manière favorable, vu que son absence peut devenir la cause des déviations de forme observées chez les jeunes enfans, et que son retour a été suffisant pour rétablir l'état normal de l'organisme. Tout le monde sait que l'étiolement est la conséquence de la privation de la lumière.

L'électricité. Des courans électriques et galvaniques sont employés avec succès contre les paralysies. On les a reconnus comme propres à opérer un changement dans l'état de nos parties.

La chaleur, celle-ci considérée chez l'homme est une faculté de la vie; car après la mort elle s'éteint. En un mot, elle est une condition de la vie. Dans l'homme elle est de 23 à 30 degrés R. Considérée comme agent externe, elle constitue la *température* par laquelle l'on est si fortement modifié. Si nous voulions examiner le calorique sous le point chirurgical, nous aurions à parler de l'emploi du feu et des diverses manières de l'appliquer.

Sous le rapport pathologique, la température élevée favorise le développement des maladies nerveuses. Le froid, au contraire, prédispose aux affections inflammatoires. Le climat brûlant attaque la muqueuse digestive, le froid se porte sur la pulmonaire. Les diarrhées, les angines, le coryza, sont observés particulièrement dans les pays humides.

La combinaison de la chaleur avec un certain degré de sécheresse ou d'humidité, donne naissance aux constitutions atmosphériques. Celles-ci agissant pendant un temps plus ou moins long, se lient de la manière la plus étroite avec les constitutions médicales, les épidémies, les intercurrentes.

La sécheresse avec dominance de froid porte sur la poitrine.

L'humidité avec dominance de chaleur affecte le bas-ventre.

Le mode *mou* et le mode *fort* ont avec la constitution atmosphérique des rapports incontestables.

On peut se demander si le baromètre, le thermomètre, l'hygromètre peuvent nous éclairer sur l'influence des qualités premières ou secondaires des temps. Quoiqu'il en soit, l'air pèse sur nos tissus et l'on a calculé que la pression qu'il exerce sur l'homme est égale à 33,600 livres. Ce défaut de pression peut devenir cause morbide. En effet, celui qui s'élève à des hauteurs considérables est exposé à des hémoragies. L'air humide, les lieux mal aérées sont regardés comme la cause la plus puissante du développement des serophules, du rachitisme, etc. Quant à l'eau, Hippocrate avait remarqué que les eaux crues et dures disposent à l'engorgement des glandes. Les eaux stagnantes peuvent devenir cause d'affections graves. Les eaux, qui blanchissent dificilement le linge, qui cuisent mal les légumes ou les viandes sont impropres à la digestion.

Le goître, le crétinisme, les calculs vésicaux les scrophules, le scorbut, se développent généralement sous l'influence d'eaux séléniteuses, croupissantes, etc. La physique possède un instrument qui sert à différencier l'eau chargée de sels, de celle qui ne l'est pas.

Après ces considérations des agens de la nature applicables à l'étude de l'homme, nous ne saurions que nous borner ici, pour ne pas entrer dans le domaine de l'hygiène proprement dite.

(N° 4.)

ANATOMIE ET PHYSIOLOGIE.

Qu'entend-on par membrane pupillaire?

On a donné le nom de membrane pupillaire à un tissu cellulo-vasculaire qui établit une séparation entre la chambre antérieure et la postérieure de l'œil.

Cette membrane apparaît vers le troisième, et disparaît vers le septième mois de la vie intrautérine. Les ciliaires longues sont les artères qui alimentent ce tissu, en formant des anses à convexité dirigées vers le centre de cet organe : les veines qui en naissent vont se jeter dans les vasa vorticosa.

Cette membrane est-elle formée de deux feuillets distincts ? Un de ces feuillets est-il la continuation de la membrane de l'humeur aqueuse ? C'est d'autant plus contestable, que l'existence de cette dernière membrane a été mise en doute par des hommes très distingués et consciencieux, parmi lesquels il nous suffira de citer M. le professeur Dugès, qui nie ce tissu membraneux.

Pour la seule chose qu'il nous a été donné de voir chez un fœtus de six mois, c'est un tissu celluleux dans lequel rampaient des vaisseaux affectant la forme énoncée ci-dessus. Mais par quel mécanisme a lieu la rupture de la membrane? M. J. Cloquet pense que c'est par la rétraction des anses artérielles. On pourrait lui demander quelle est la force qui produit la rétraction des anses artérielles? S'il nous répondait que c'est l'augmentation du volume du globe oculaire, nous pourrions lui citer quelques faits qui prouvent que les artères s'allongent à mesure que les organes dans lesquels elles se distribuent, prennent une étendue plus considérable; pour ne citer qu'un seul fait, ne voit-on pas les artères utérines s'allonger évidemment pendant la grossesse, et présenter alors des flexuosités plus marquées que dans l'état de vacuité de la matrice? L'explication de M. J. Cloquet nous paraît trop mécanique. En effet, quel est l'argument qu'il porte en faveur de son opinion? C'est que l'on voit quelquefois des lambeaux après cette déchirure; mais si l'absorption dans quelques cas, au lieu de se porter régulièrement du centre à la circonférence, se porte irrégulièrement vers celle-ci; alors, ne peut-il pas rester des lambeaux? D'ailleurs, en admettant le déchirement dont il parle, ne peut-il pas arriver que les lambeaux qui en sont le résultat soient absorbés? Si l'on nous demande les preuves que nous pourrions apporter en faveur de notre opinion ; c'est que tous les organes devenus inutiles disparaissent par absorption. C'est ainsi que les racines de la première dentition sont usées par absorption ; de là, facilité de leur chute ; c'est ainsi que les vaisseaux liés, que l'ouraque, les artères et les veines ombilicales, le canal artériel, le thymus, etc., disparaissent presque toujours en totalité ou en partie, et cela par absorption ; et ce qui prouve que c'est la même loi qui préside à ces phénomènes, c'est que quelquefois les organes déjà énoncés persistent, ainsi qu'on le voit pour la membrane pupillaire elle-même, dont la persistence constitue la cataracte congéniale, qu'on distinguera de toutes les autres à sa position superficielle.

En effet, tandis que les autres cataractes sont situées derrière l'iris, la cataracte congéniale se continue avec elle ; sa couleur est uniforme, d'un blanc grisâtre.

Maintenant, comment doit-on l'opérer ? Nous pensons que le déchirement de cette membrane est trop facile pour qu'on ait recours à la méthode par extraction ; mais fera-t-on cette opération par sclérotonyxis ou par kératonyxis ? Par la première méthode, l'aiguille en passant dans la chambre postérieure ne peut éviter de toucher à la capsule cristalline ; or, le contact seul suffit pour produire son opacité, donc on sera exposé à une cataracte secondaire.

Mais, dira-t-on, il n'y a qu'à abaisser la membrane

pupillaire et le cristallin avec sa capsule. Sacrifiera-t-on, dans tous les, cas cette lentille transparente? Aussi, qu'and la cornée présente une taie dans un point de sa surface, quand le jeune malade est indocile, quand l'ouverture des paupières est peu étendue, quand la saillie de l'orbite et l'enfoncement de l'œil sont considérables, la deuxième méthode nous paraît alors préférables.

On enfonce l'aiguille à travers la taie de la cornée, et déchirant avec l'extrêmité de l'instrument la membrane pupillaire, on en amène les fragmens dans la chambre antérieure où ils sont soumis à l'action dissolvante de l'humeur aqueuse. Dans ce dernier cas, il y a moins de danger de toucher à la capsule cristalline ; ce danger peut être même à peu près nul : par conséquent, on risque moins d'une cataracte secondaire.

(N° **336.**)

SCIENCES CHIRURGICALES.

Quelles sont les diverses espèces d'exostoses? Le même traitement est-il applicable à toutes ?

Sous l'influence d'une cachexie, et surtout de la vénérienne, les os éprouvent des gonflemens partiels auxquels on a donné le nom d'exostoses. Néanmoins, on a pu voir un gonflement osseux général.

Le plus souvent, les exostoses sont très limitées ; tantôt externes et tantôt internes, elles se montrent aux surfaces extérieures de l'os entre celui-ci et le périoste (1) sous forme d'éminences variées, ou se développent à l'intérieur dans le canal médullaire des os longs, à la surface interne des os plats, et principalement dans le parenchyme même des os. Aussi, dans ces derniers temps, les a-t-on distinguées en parenchymateuses et en épiphysaires.

1° *Exostoses parenchymateuses.* Elles varient dans

---

(1) L'exostose externe pourrait être définie: l'induration des couches superficielles de l'os gonflé et consécutivement du périoste.

leur structure comme dans leur développement. Depuis la découverte dans les os longs des séries de canaux qui les traversent selon leur longueur et rarement obliquement, on a remarqué que ces canaux sont beaucoup plus larges que les vaisseaux qu'ils renferment, et cela, pour laisser de l'espace à la matière médullaire sécrétée par ces canaux. On a observé que des exostoses développées évidemment dans le parenchyme de l'os étaient dues à une sécrétion plus abondante de substance médullaire qui, distendant les canaux, augmentait le volume de l'os, sans augmenter en rien sa masse.

La tumeur ainsi développée présente une structure variable. Tantôt celluleuse ou laminée, elle prend cette même dénomination. On la trouve formée par une réunion de lames osseuses superposées, irrégulièrement disposées et laissant entr'elles des espaces ou des cellules. On voit, d'après cette structure, que l'exostose doit être molle, spongieuse, surtout dans l'origine, pour acquérir de la compacité plus tard. Tantôt les exostoses offrent un tissu si dense, qu'elles ressemblent à du marbre, à de l'ivoire dont elles ont la consistance ; elles prennent le nom d'éburnées. On doit s'attendre à ne trouver ici aucune trace de vaisseaux capillaires sanguins qui, dans l'état ordinaire, pénètrent la substance compacte des os.

2° *Exostoses épiphysaires.* Celles-ci consistent dans une tumeur circonscrite, semblant être ajoutée à l'os dont elle diffère quelquefois peu par sa structure. Elle a rarement l'apparence éburnée. D'abord aréolaire et dépressible, elle finit par devenir incompressible et très dure. Elle commence à se former par une sécrétion albumino-cartilagineuse, ayant lieu entre le périoste et la surface de l'os; ensuite du phosphate de chaux est déposé dans cette substance, et peu à peu il y a ossification, se continuant avec l'os, continuation qui n'a pas lieu à la naissance de l'exostose, alors qu'elle n'est qu'une sécrétion, probablement du périoste. Souvent dans les mêmes points correspondans se voient deux exostoses, l'une parenchymateuse, l'autre épiphysaire. Une coupe verticale de l'os affecté démontre la ligne de démarcation.

Les os sous-cutanés sont démontrés par l'observation comme les plus sujets aux exostoses. Aussi n'est-il pas rare de les voir sur les os du crâne, de la face, sur les clavicules, le sternum, les côtes, le tibia, etc.

Si l'exostose est parenchymateuse, elle résultera du développement de toute l'épaisseur d'un os plat ou d'une portion du cylindre d'un os long. Quant à l'exostose épiphysaire, se développant à l'extérieur de tous les os, et quelquefois à l'intérieur des cavités formées par la réunion de plusieurs os larges, elle présente des éminences à forme ronde, ovale, ou ressemblant à une apophyse stiloïde; les unes sont mamelonnées, lisses ou raboteuses, à base large et rarement pédiculée.

Maintenant que nous venons d'examiner les exostoses en elles-mêmes, il nous reste à les considérer en tant que traumatiques, symptomatiques, essentielles, pour en déduire un traitement rationnel, que nous ferons varier encore selon la structure de l'exostose.

Nous aurons donc à parler, 1° des exostoses produites par un agent extérieur ; 2° des exostoses dues à l'existence d'un principe morbide intérieur ; 3° des exostoses ne tenant ni de l'une ni de l'autre de ces causes. De là, on est porté à croire que ces dernières altérations dépendent d'un changement survenu dans la nutrition des os ou d'une aberration dans la distribution du suc osseux.

Exostoses traumatiques. Elles surviennent à la suite de coups, de chutes, de violences extérieures quelconques, pourvu que toutefois les contusions externes ne s'accompagnent pas de plaie ; car alors il y aurait plutôt nécrose ou carie. On a pensé que les causes extérieures n'étaient que déterminantes, et que les exostoses devaient leur origine à une disposition primitive.

Exostoses symptomatiques. Elles dépendent d'un virus ou d'un vice intérieur, qu'on peut regarder comme une tendance de l'état des tissus à se dépraver par le fait d'une nutrition anormale. Cette tendance est offerte par quatre affections : la syphilis, les scrophules, le scorbut et le cancer.

1° L'absorption du virus vénérien est la cause la plus fréquente des exostoses.

2° Les scrophules y donnent naissance moins souvent.

3° Les exostoses reconnaissant le scorbut pour origine, sont rares. Elles présentent un tissu spongieux, fragile, abreuvé de sang. On les voit chez les vieillards.

4° Chez les femmes, dans la substance spongieuse des os, le virus cancéreux a pu déterminer des gonflemens où l'on a trouvé de la matière encéphaloïde, tuberculeuse, cancéreuse. Quelquefois le rachitis a été regardé comme cause d'exostoses.

Exostoses essentielles. Nous avons dit déjà, qu'aucun vice ou virus ne paraissait les déterminer pas plus que toute autre cause. De là, leur essentialité: une exostose remarquable de ce genre est citée par Dupuytren. Elle consiste dans une élévation pyramidale, naissant de la face supérieure de la dernière phalange du gros orteil, soulevant plus ou moins l'ongle, le déformant et rendant la marche douloureuse et quelquefois impossible. Elle a donné souvent lieu à des méprises fâcheuses. Dans son principe, elle n'est pas accompagnée de douleur; mais peu à peu celle-ci se déclare à mesure que l'ongle est soulevé par la tumeur. Le plus souvent cette tumeur survient chez des individus qui n'ont point reçu des coups sur l'orteil, qui n'ont point mis des chaussures trop étroites. Ces mêmes individus sont dailleurs doués de la plus heureuse constitution. Ce n'est pas qu'elle ne puisse se montrer chez des personnes affectées de vices généraux.

Quoique notre question semble ne pas comporter d'autres considérations pathologiques, nous dirons néamoins les symptômes les plus saillans de la maladie.

Jamais l'exostose n'offre de la mobilité.

On reconnait une exostose de cause externe par les circonstances commémoratives. La tumeur accompagnée souvent de tuméfaction des parties molles est peu volumineuse.

L'exostose vénérienne décèlera sa nature si l'individu est atteint de syphilis ou s'il a eu commerce avec une personne prise d'infection syphilitique.

Dans cette exostose, deux sortes de douleurs caractéristiques : l'une extérieure dépendant de la distension des parties molles ; l'autre rapportée à l'intérieur de l'os, plus vive la nuit que le jour.

L'exostose scrophuleuse de consistance ordinairement spongieuse, affectant de préférence les extrémités des os longs, les os courts, se trahit sous une peau amincie et comme variqueuse.

L'exostose scorbutique peu élevée et à peine douloureuse coïncide avec tout le cortège des symptômes scorbutiques.

Une tumeur osseuse, brune, circonscrite, accompagnée de douleurs lancinantes a semblé caractériser l'exostose cancéreuse, tout en tenant compte du vice interne.

Nous ne savons si l'on peut regarder comme exostose le gonflement des extrémités articulaires des os longs chez les enfans rachitiques.

L'exostose essentielle, sera présumée chez un sujet de bonne constitution, de brillante santé, sans aucune apparence de vice interne... Sa formation est lente, ne se décèle qu'après un certain temps. Elle croît sans douleurs ; sa densité est grande : on dirait du marbre.

On distinguera les exostoses des périostoses. Celles-ci, sont plus molles et pâteuses. Nous pensons qu'elles peuvent exister toutes deux à la fois.

Les exostoses scorbutiques et cancéreuses sont graves. Celles de structure laminée, quelle que soit leur cause, tendent à s'ulcérer d'où la destruction imminente des os.

La résolution, terminaison la plus heureuse, a lieu spontanément dans le cas de cause externe, ou lorsque la tumeur est traitée peu de temps après son apparition.

La résolution est encore commune à l'exostose vénérienne récente, l'affection primitive étant traitée convenablement.

Quant aux autres exostoses, une induration plus ou moins complette, la suppuration, la carie, la nécrose, sont leurs terminaisons les plus fréquentes.

Traitement. D'après ce que nous venons de dire, il est clair que le traitement doit varier ;

1° *Pour les exostoses traumatiques.* A leur début,

quand il n'y a aucun signe d'inflammation on a recours aux applications locales : telles que les résolutifs, une compression méthodique, graduelle et soutenue. Si un état phlogistique est révélé par des douleurs vives et de la tuméfaction des parties environnantes, baigner celles-ci dans des décoctions émollientes, appliquer des sangsues, etc., telle est l'indication à remplir, sans renoncer toutefois à des moyens ultérieurs, si après la chute de la phlogose persistait l'exostose, alors les remèdes locaux dits résolutifs, fondants, seraient mis en usage.

2° *Pour les exostoses symptômatiques.* Ici c'est vers la cause générale qu'on dirigera son attention. Ainsi, si l'on a à faire à une tumeur syphilitique, on a recours à un traitement anti-syphilitique : mais, néanmoins l'observation a démontré que l'altération osseuse survenue longtemps après l'infection mère, disparaît rarement par le seul emploi des mercuriaux combinés avec les diaphorétiques et certains excitans généraux. Aussi, aura-t-on recours aux topiques résolutifs, tels que les emplâtres de savon, *de vigo cum mercurio*, les linimens volatils camphrés, etc.

Quand aux exostoses scrophuleuses et scorbutiques, on attaque d'abord la maladie générale. Pour les scrophules, les amers seront employés; les préparations aurifères ont souvent produit de bons effets. Pour le scorbut, on emploiera les anti-scorbutiques, le quinquina, l'opium, le régime analeptique et les vins généreux, surtout si le malade est dans un état de dépérissement.

Dans l'un comme dans l'autre cas, l'habitation des malades dans des lieux élevés ; l'influence d'un air sec et pur, l'exposition aux rayons d'un soleil doux, seront capables d'améliorer le mauvais état de l'économie et d'agir favorablement sur les exostoses qui en sont le résultat, en attendant qu'on puisse attaquer ces dernières par des médicamens topiques, si elles ne cédaient aux moyens généraux.

Mais si les exostoses, d'indolentes devenant douloureuses s'accompagnent de symptômes inflammatoires, on recoura aux remèdes indiqués avec ménagement, et on calmera l'inflammation par des médications appropriées.

Les gonflemens partiels osseux résultant d'un vice cancéreux, sont à peu près incurables comme la maladie primitive elle-même, vu que ce n'est qu'à la fin de celle-ci qu'ils se manifestent comme signes avant-coureurs d'une mort certaine.

Les gonflemens provenant du rachitis seront traités par des médications palliatives, tout en attaquant la cause première qui est ordinairement interne (vices scrophuleux ou vénériens).

3° *Pour les exostoses essentielles.* Ici l'état de dureté ne saurait promettre la résolution. Aussi doit-on recourir à un traitement chirurgical.

Mais si l'exostose est indolente, ne cause pas des

difformités et ne menace pas d'accidens futurs, on n'entreprendra aucune opération. Si elle est douloureuse et acquiert sans cesse du volume, de manière à gêner quelque fonction ou à produire des difformités remarquables, on en fera l'ablation, qui variera, selon que l'éminence est à base large ou étroite.

Elle est mise à découvert dans une étendue convenable. Si elle est pédiculée, un seul trait de scie l'enlève.

La tumeur pédiculée présentant peu de dureté, peut être excisée avec un fort bistouri.

Si elle est à base large, on fait sur elle plusieurs traits de scie perpendiculaires à sa base, et on emporte ensuite latéralement chaque portion d'une manière successive.

Mais si la tumeur est située profondément et hors de la portée des instrumens, on se contentera de moyens palliatifs comme des émolliens, des opiacés, etc.

Plusieurs exostoses envahissant en grande partie ou en totalité la longueur d'un os d'un membre, de la suppuration accompagnée de souffrances aiguës amenant la fièvre hectique, on se hâtera d'amputer. En un mot, si l'exostose passe à l'état ulcéreux, fongueux, le cautère actuel, de même que le nitrate acide de mercure peut détruire le germe de la maladie en changeant l'état des tissus.

(N⁰ **495.**)

SCIENCES MÉDICALES.

Exposer les causes, décrire les symptômes et la marche de la rougeole.

I. Les nosologistes classent la rougeole parmi les exanthèmes caractérisés par une teinte plus ou moins vive de la peau, et qu'on peut faire disparaître momentanément par une simple pression exercée avec les doigts.

Nous devrions peut-être donner ici en commençant la définition de la rougeole ; mais il nous paraît préférable de lui substituer sa description d'après les observations prises dans les salles de MM. les professeurs Caizergues et Broussonnet. Car pour donner une définition exacte en peu de mots, il faudrait, ce nous semble, pénétrer la nature des maladies, ou du moins que chaque maladie fût accompagnée d'un symptôme constant qui pût servir à reconnaître la présence de l'affection morbide et à la faire distinguer de celles qui s'en rapprochent le plus ; mais on conçoit facilement qu'un seul symptôme, quoiqu'il puisse être quelquefois d'un grand intérêt, est souvent peu significatif, qu'on doit par conséquent recourir à la réunion de tous les symptômes pour avoir un diagnostic lucide.

II. Fidèle à l'ordre de la question, nous allons passer aux causes, puis aux symptômes et à la marche de la maladie qui nous occupe.

Causes. — Chez les deux sexes, à tous les âges, dans toutes les saisons, et sous tous les climats, l'on a vu la rougeole se manifester plus ou moins bénigne ou grave. Cependant certaines périodes de la vie, certaines époques de l'année paraissent disposer d'une manière spéciale à son développement. Ainsi, l'hiver, les variations de température, les constitutions atmosphériques, le commencement du printemps, l'enfance, la jeunesse, la proximité d'un pays où règne cette affection, sont autant de causes prédisposantes; quant aux causes occasionnelles, on sait que le contact médiat ou immédiat avec un individu déjà atteint, est susceptible de faire naître la rougeole. Le véhicule capital de la contagion paraît être l'air.

La cause essentielle de la maladie nous étant inconnue, on doit l'envisager comme le résultat de l'action d'un principe particulier, miasmatique, éminemment contagieux, dont il faut se borner à constater les effets (1).

---

(1) M. le professeur Dubreuil, mémorial des hôpitaux du Midi.

Rarement sporadique, la rougeole se montre presque toujours épidémique. Les individus qui en sont atteints portent avec eux une disposition particulière. Il doit en être ainsi, car ne voyons-nous pas tous les jours nombre de personnes de toute qualité donner des soins à des malades de rougeole, sans en être atteintes.

III. *Symptômes, marche de la maladie.* Dans la rougeole, comme dans les autres exanthèmes, se reconnaissent trois périodes.

Première Période. Elle présente ordinairement les symptômes suivans : frissons, alternatives de chaud et de froid, malaise général, tristesse, anorexie, langue humectée, blanche, pesanteur de tête, tendance au sommeil, toux, enrouement, enchifrènement, éternuement, tuméfaction des paupières, larmoiement très âcre, photophobie, coriza d'abord sec, mais bientôt donnant un écoulement de sérosité corrosive. Le malade présente en outre un certain air d'hébétude morne tout particulier, qu'on pourrait peut-être nommer, à juste titre, *facie ruebeolique.* A ce cortége de symptômes se joignent une chaleur générale, de la fièvre de l'oppression, de l'angoisse, des douleurs lombaires, quelquefois des envies de vomir, quelquefois aussi des sueurs (1); cet état de choses qui dure ordinairement trois ou

---

(1) Surtout quand les malades ont de l'embonpoint.

quatre jours, s'accompagne souvent chez l'enfant de convulsions généralement sans danger, lesquelles n'empêchent pas l'éruption d'être bénigne, mais il faut distinguer les cas où les convulsions proviennent de quelque complication ou d'une lésion du système nerveux. La fièvre dite éruptive, parce quelle précède l'éruption, augmente d'intensité. On a voulu la considérer comme la cause de l'éruption ; mais elle n'est qu'un symptôme précurseur de celle-ci, qui a lieu à la muqueuse des premières voies avant qu'à la peau.

En effet, 1° si le malade succombe avant l'éruption cutanée, on trouve des boutons, des espèces de pustules dans la bouche, le pharynx, l'œsophage. Le cardia est entouré d'une zone pustuleuse, l'estomac n'offre rien. Le boutons sont d'autant plus nombreux qu'on se rapproche d'avantage de l'ouverture buccale. M. le professeur Lallemand en a trouvé quelquefois au duodenum, à l'intestin grêle et même au rectum.

On a pu en trouver aussi dans la vessie, ce qui a expliqué l'hématurie qui avait eu lieu. Le larynx, et même les bronches, n'en ont pas été toujours exempts, d'où un gonflement œdémateux qui a amené quelquefois la mort par asphixie.

2° Si le malade succombe après l'éruption cutanée bien prononcée, on ne trouve aucune éruption interne. Elle a déjà disparu, ce qui prouve que celle-ci a eu lieu d'abord aux surfaces muqueuses avant de s'étendre à la peau.

Ce qui le prouve encore, c'est que les muqueuses sont plus vasculaires, plus molles et en contact avec des surfaces à température élevée. Il y a chez elles une épiderme d'une délicatesse extrême, tandis que l'épiderme cutané externe est dur et s'oppose d'autant plus à l'éruption, que l'individu est plus coriace et qu'il est plus âgé. De là, rougeole plus sérieuse à la vieillesse qu'à l'âge tendre où, par le peu d'épaisseur de l'épiderme, l'éruption a lieu facilement.

Aussi, si l'on veut favoriser l'éruption, alors qu'on la présume prochaine par l'inspection de petits boutons rouges aux conjonctions, aux narines, à la bouche, à la langue, et qu'on verra quelques points noirs à la face; si l'on veut, disons-nous, la favoriser et la rendre bénigne, on mettra le malade dans un bain chaud; après une ou deux heures, il en sortira tout rouge de boutons à la peau.

Ce que nous venons de dire, on peut l'appliquer à la variole, à la scarlatine; la fièvre n'est donc qu'un symptôme de ce qui ce passe primitivement dans les muqueuses.

Deuxième période. La récrudescence des symptômes déjà indiqués, ne dure pas longtemps sans qu'on voie bientôt apparaître au visage, surtout au front, au nez, au tour de la bouche, de petites taches rouges ressemblant assez bien à des piqûres de puces. L'éruption se continue sur le cou, la poitrine, l'abdomen et les membres. Ces taches qui ordinairement ne dépassent pas le niveau de la peau, mais qui sont quelquefois saillantes à leur partie moyenne, s'étendent tellement à la figure, au cou et même à la poitrine, que quelquefois on les prendrait pour une scarlatine, ayant son siége dans ces parties qui sont un peu tuméfiées et chaleureuses, tandis que le reste du corps présenterait une rougeole. Elles admettent des intervalles de couleur naturelle de la peau. Si l'on passe la main à la surface de celle-ci, on sent une légère élévation de boutons, et la pression exercée avec la main à plat fait disparaître les taches pour revenir subitement après, ce qui annonce que la circulation capillaire est très active. A mesure que l'éruption se caractérise, la fièvre tombe insensiblement, quelquefois même elle est alors nulle.

Une remarque importante, c'est que si la fièvre continue ou s'exaspère on doit craindre une concentration de l'affection interne sur quelque organe, d'où il pourra suivre une lésion.

Dans cette même période, des épistaxis peuvent se manifester. Ils amènent un soulagement notable.

Troisième période. Du septième au huitième jour la peau paraît plus rude, surtout au front, les taches de la figure deviennent pâles, tandis que dans le reste du corps elles sont encore rouges. En un mot, la desquamation commence par où a d'abord paru l'éruption; l'épiderme se détache sous forme d'écailles furfuracées, plus ou moins étendues.

La desquamation ne laisse aucune cicatrice; la fièvre à cette époque est ordinairement nulle, ou du moins peu sensible. Cependant on a vu quelquefois le mouvement fébrile devenir plus violent et être accompagné de dyspnée, de toux, etc. Alors la maladie se termine par un dévoiement spontané.

QUELQUES CONSIDÉRATIONS DIAGNOSTIQUES.

Nous dirons que l'examen des boutons et la présence de symptômes de catarrhe suffisent pour faire distinguer la rougeole de la variole : cependant, au début elles peuvent être confondues, si l'éruption de la rougeole dépasse le niveau de la peau. La toux, l'enrouement, l'éternuement, l'enchifrènement, le larmoiment révèlent l'irritation de la muqueuse bronchique, pituitaire et de la conjonctive, irritation caractéristique de la rougeole. Nous croyons pouvoir émettre que celle-ci est une maladie inflammatoire; mais c'est une inflammation *sui generis*. Elle ne peut guère s'inoculer.

Dans la rougeole, comme dans la variole, le travail morbide devant rester fixé à la peau, si quelque organe important se prend, il en résulte une rétropulsion de l'humeur rubéolique qui a les suites les plus graves, comme on le voit, lorsque le catarrhe bronchique qui l'accompagne acquiert une plus grande intensité.

Il y a ici comme dans tous les exanthèmes une tendance à une solution naturelle qui s'opère par le développement des périodes de la maladie.

Dans la rougeole les points rouges sont isolés et ne forment pas des plaques comme dans la scarlatine; cependant, lorsque la rougeole est pour ainsi-dire confluente, cette distinction n'est pas aisée; mais alors l'angine qui accompagne toujours la scarlatine éclaire le diagnostic.

La rougeole, de bénigne qu'elle est ordinairement, peut devenir très grave sous l'influence de la constitution médicale régnante et des conditions individuelles.

FIN.

FACULTÉ DE MÉDECINE
DE MONTPELLIER.

PROFESSEURS.

MESSIEURS,
CAIZERGUES, DOYEN. Clinique médicale.
BROUSSONNET Clinique médicale.
LORDAT. Physiologie.
DELILE, *Suppléant*, Botanique.
LALLEMAND. Clinique chirurgicale.
DUPORTAL. Chimie médicale.
DUBRUEIL. Anatomie.
DUGÈS, *Président*. Pathologie chirurgicale. Opér. App.
DELMAS. Accouchemens maladie des femmes et enfans.
GOLFIN, *Examinateur*. Thérapeutique et Matière médic.
RIBES. Hygiène.
RECH. Pathologie médicale.
SERRE. Clinique chirurgicale.
BÉRARD. Chimie générale et Toxicologie.
RENÉ. Médecine légale.
RISUÉNO D'AMADOR. Pathologie et Thérapeutiq. génér.

Professeur honoraire.
AUG.-PYR. DE CANDOLLE.

AGRÉGÉS EN EXERCICE.

MESSIEURS,	MESSIEURS,
VIGUIER.	FAGES.
KÜHNHOLTZ.	BATIGNE, *Suppléant*.
BERTIN.	POURCHÉ.
BROUSSONNET, *Examin.*	BERTRAND.
TOUCHY.	POUZIN, *Examinateur*.
DELMAS.	SAISSET.
VAILLHÉ.	ESTOR.
BOURQUENOD.	

La Faculté de Médecine de Montpellier déclare que les opinions émises dans les dissertations qui lui sont présentées doivent être considérées comme propres à leurs auteurs, qu'elle n'entend leur donner aucune approbation ni improbation.

MATIÈRE DES EXAMENS.

1er EXAMEN. *Physique, Chimie, Botanique, Histoire naturelle des médicamens, Pharmacie.*

2e EXAMEN. *Anatomie, Physiologie.*

3e EXAMEN. *Pathologie externe et interne.*

4e EXAMEN. *Matière médicale, Médecine légale, Hygiène Thérapeutique, Épreuve écrite en français.*

5e EXAMEN. *Clinique interne ou externe, Accouchemens, Épreuve écrite en latin, Épreuve au lit du malade.*

6e EXAMEN. *Présenter et soutenir une Thèse.*

SERMENT.

Moi......, en présence des Maîtres de cette École, de mes chers Condisciples et devant l'effigie d'Hippocrate, je promets et je jure, au nom de l'Être Suprême, d'être fidèle aux lois de l'honneur et de la probité dans l'exercice de la médecine. Je donnerai mes soins gratuits à l'indigent, et n'exigerai jamais un salaire au-dessus de mon travail. Admis dans l'intérieur des maisons, mes yeux n'y verront pas ce qui s'y passe ; ma langue taira les secrets qui me seront confiés, et mon état ne servira pas à corrompre les mœurs, ni à favoriser le crime. Respectueux et reconnaissant envers mes Maîtres, je rendrai à leurs enfans l'instruction que j'ai reçue de leurs pères.

Que les hommes m'accordent leur estime, si je suis fidèle à mes promesses! Que je sois couvert d'opprobre et méprisé de mes confrères, si j'y manque.

Milton Keynes UK
Ingram Content Group UK Ltd.
UKHW032328221024
449917UK00004B/303